燊情大安

自贡市大安区作家协会 编

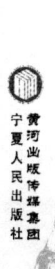

黄河出版传媒集团
宁夏人民出版社

图书在版编目（CIP）数据

燊情大安／自贡市大安区作家协会编. — 银川：宁夏人民出版社，2018.4
ISBN 978-7-227-06885-3

Ⅰ.①燊… Ⅱ.①自… Ⅲ.①诗集—中国—当代 Ⅳ.①I227

中国版本图书馆 CIP 数据核字（2018）第 078299 号

燊情大安   自贡市大安区作家协会   编

责任编辑	杨敏媛
责任校对	陈　晶
封面设计	圣立文化
责任印制	肖　艳

黄河出版传媒集团
宁夏人民出版社 出版发行

出版人　王杨宝
地　址　宁夏银川市北京东路139号出版大厦（750001）
网　址　http://www.nxpph.com　　http://www.yrpubm.com
网上书店　http://shop126547358.taobao.com　http://www.hh-book.com
电子信箱　nxrmcbs@126.com　　renminshe@yrpubm.com
邮购电话　0951-5019391　5052104
经　销　全国新华书店
印刷装订　四川金邦印务有限公司
印刷委托书号（宁）0009032

开　本　889 mm×1194 mm　1/32
印　张　4.5　　字　数　150千字
版　次　2018年4月第1版
印　次　2018年4月第1次印刷
书　号　ISBN 978-7-227-06885-3
定　价　28.00元

版权所有　侵权必究

编委会

顾　　问：李加建
主　　任：陈学华
副 主 任：王典平
成　　员：黄明鑫　陈永春
　　　　　李　阳　李欣怡

编辑部

主　　编：陈学华
副 主 编：陈永春
编　　辑：李　阳　李欣怡

序

李加建

  这本诗集,是本土诗人陈学华担任大安作协主席时,一手策划、筹资、组稿、编辑而成的。大安辖区之内,几乎集中了绝大部分盐场历史文化的精华:全市最大的两个古寨三多寨、大安寨在这里,享誉世界的恐龙博物馆在这里,全球第一口人工开凿超千米深井燊海井在这里,全盐场曾经天车最高最密集的扇子坝在这里,革命烈士江姐的故居在这里,曾经领导盐工武装起义的中共地下党员肖凤阶、共青团员方士廷被处决的地点长堰塘在这里,他们的尸体埋葬在深沟山坡,现今已少有人提及。

  面对如此深厚的资源,一个感情充沛、心怀历史感的人,自不免情动于中,歌之咏之,于是便有了这本书中这些篇章,把自由和创造的精神脉络延续下来。

  这本书中的诗篇,尽管所达到的艺术高度参差不齐,但它们不是回避现实或仰首瞩目虚空,或沉浸在自欺的梦里,因此读起来很实贴,不像当今诗坛走红的那类嘹亮的口号。

  这本书的作者,有名副其实的著名诗人,更多的是各个阶层的业余作者,他们在进入创作状态之时,诗歌便提升了他们的精神境界。久而久之,他们就会明白,人应该享有自己的尊严和权利。

  诗歌推动社会进步,该是如此。

2017年12月12日午夜,信笔于恒大绿洲听云楼

目 录 CONTENTS

第一辑 最"燊"的井

002　采　卤 / 李自国
004　燊海井 / 刘蕴瑜
006　燊海井 / 尔东马
008　燊海井 / 空灵部落
009　燊海井 / 陈智泉
010　燊海井（外一首）/ 刘　义
013　燊海井 / 温莉群
015　问　鼎 / 岩　人
016　我的邻居燊海井（组诗）/ 华伯清
022　古盐井的深度 / 邬永红
023　盐井魂（歌词）/ 刘念林
024　来自燊海井盐的自述 / 毛　进

第二辑 最"恐"的龙

028　中国恐龙 / 辜义陶
030　恐龙曾栖息的地方 / 阙向东

035	恐龙蛋化石	/ 黄德涵
038	在自贡恐龙博物馆	/ 陈智泉
040	大山铺·恐龙奇观	/ 袁继伟
042	这是恐龙生活过的地方	/ 尔东马
044	合上最后时光	/ 王鹏飞
045	赶集大山铺	/ 李 阳
046	恐龙，时间里的诉说	/ 温莉群

第三辑　最"盐"的地

050	盐场歌谣	/ 李自国
052	大安，凝聚盐的前世今生	/ 黄德涵
056	因为有你（外一首）	/ 刘蕴瑜
061	在釜溪河边，守住一粒盐的白	/ 陈学华
063	滚滚盐河……（组诗）	/ 蔡昌利
067	盐山盐水盐都（外二首）	/ 袁继伟
071	王爷庙	/ 罗士成
072	大山铺记忆（两首）	/ 游建慧
075	老街，我和你擦肩而过	/ 陈智泉
076	在古寨，我听到一声叹息	/ 陈永春
078	三多寨的梨花	/ 叶 敏
079	三多寨的萱草花	/ 王鹏飞

082　旭水梦萦 / 李欣怡
084　寻访盐都三多寨 / 任德生

第四辑　最"贞"的人

088　江　姐 / 李加建
090　谒邓萍将军故居 / 辜义陶
095　黑夜之光 / 代晓冬
099　我还是要亲昵地叫你一声姐 / 陈智泉
101　江　姐 / 高仁斌
104　江　姐 / 远　方
106　永远的江姐 / 陈学华
108　红梅花儿开 / 李一多
112　永远的丰碑 / 陈永春
115　赤　魂 / 岩　人
117　丹　娘 / 含　笑

121　燊海诗群的交响乐章 / 王发庆

135　后　记

第一辑 最「燊」的井

后山的不断召唤
使我以井身的高度
发现祖先的面孔
被一种色彩和声音刷过

——李自国

采 卤

◎ 李自国

我从井场那边回来
夜　已经很深很深了
三三两两的
盐灶　茅舍
在我案头
隐隐出现了
两千年的遗存
让我沉默了许久
我在那里遇见很多
温故的老人
他们仿佛是一具井架
仿佛是我明天
选定的日子
在遥远的山上
移动着　哼一首煮海的歌
可以这样开始了
来自另一块土地的喧响
荡漾我眼底
一片碧绿的盐湖

属于亚热带湿润的
季候风　多年来
你就为此载动我双脚
古木浓荫的洼地
灵魂飘散血肉的芬芳
天亦幽幽
地亦幽幽
后山的不断召唤
使我以井身的高度
发现祖先的面孔
被一种色彩和声音刷过

燊海井

◎ 刘蕴瑜

从这片土地上诞生
就命定了一个个不朽的话题
脚下的土地
冲击式顿钻凿井方式以及工具
那个时期的智慧
乃至杠杆原理写下的点点滴滴
也许在今天
千米的深度没有什么了不起
恰恰是这一个超千米
不知藏下了多少奥秘
仰望沧桑岁月
一任春来冬去
地球越变越小
你却越来越神奇
什么离你越来越远
什么离你越来越近
谁在你眼里呆若木鸡
谁在你心中不离不弃
千年走过了多少迷离

千米走过了多少风风雨雨
那一根根圆木在说些什么
那一条条篾索在说些什么
那穿越千年的井口在说些什么
有雾弥漫
更有蒸气萦绕
阳光穿透雾和蒸气
留下几道迷迷茫茫的思绪
燊海井　也许
你有太多没法猜透的也许

燊海井

◎ 尔东马

端坐在北纬 30 度
一块土地安静地冥想了 2 亿年
心底潜藏太久的热情
突然被一个数字点燃

1001.42 米
是一口井的深度
是自贡先民智慧和想象力的深度
是劳动人民毅力和创造力的深度
更是一滴黑卤瞬间喷薄重返人间的深度

一公里，能够兑换成多少微米
淬火的金属
就多少次叩问一块土地的内心
每一次冲击都憋足了劲
每一次叩问都直指石灰岩层积蕴的机缘
冲击　冲击　冲击
必须让石头开口
说出收藏在时间里的秘密

最后的突破　注定会
叩开财富和滚烫的生活
叩开　遥远的朝廷深不见底的眼睛

从此，13000 余根笔直的血管
以盐井的形状　次第长成
70 种内涵 70 种魔力
浓黑的血液，暖暖涌出
道不尽，一块土地仁厚的内心
没有人可以准确说出
一粒盐抵达生活的深度
牛和挑夫，灶和码头
疯长的天车，马蹄下的青石板
滚锅般热气腾腾的号子　以及
成捆的白银和丰腴的历史
所有的一切似乎波澜壮阔
所有的一切又那么恬淡自然

一座叫自贡的城市就在井灶边孕育
被汩汩的盐泉喂养
栉风沐雨也好，烽火连天也罢
时局可以瞬息万变
不变的，只是骨头越来越硬的走势
只有洁白闪亮的精气神，以及
永不褪色的正义和肝胆

燊海井

◎ 空灵部落

总有一个人在奔他的前程
总有一口井在不断凿深
当燊海井终以手工的方式
凿成深达超千米之井,气卤井喷
便稳坐了它的帝王之位。而天车之下
那些牛,不知在黑暗中转了多少个日夜
将黑卤变成白色的贡品。从此各地盐绅商贾
纷至沓来,人丁兴旺,烟火不熄
无奈如今资源枯竭,只是气息尚在
被供为地标,为历史封存
而寻着这条路,沿着滏溪河
曾有无数的超千米盐井而因盐设市
如今天车已经坍塌。那些流过母乳济养天下的盐井
像一个缄默于荒野之中
干瘪的老妇人

燊海井

◎ 陈智泉

猛然望去　一朵墨绿的云
正慢慢悠悠　划过
天车矗立的城市上空　无暇
一个时代的高度

燊海井，还在讲述
一千零一米深处的童话吗？

守门人冷漠的静谧里
那些掘进地层的号子
还在暗处　"嗨哟，嗨哟——"
冲着游人一览无余地孤独

燊海井（外一首）

◎ 刘 义

天车林立，
唯有你车粉成群；
遍地盐井，
独数你井上至尊。

不经意的一凿，
你给世界创造了第一的文明；
正能量的颜值，
你给生命调制出百味的福音。

入地三百丈，
报以涌泉不忘感恩；
向天一百尺，
经风沐雨不改初心。

卤中有火，
你的天地才这般石破天惊；
盐里有海，
你的世界才如此博大精深。

在每个黎明与黄昏，
你像一位沧桑的老人，
挺直了伟岸的身躯，
默默地守护着这片土地的涅槃与重生。

井

一座城市的记忆，
从你的出现开始；
一部有盐有味的历史，
写满的都是你的名字。

一架架天车，
是你经天纬地的脊梁；
一口口泉眼，
是你生生不息的守望。

那点点滴滴的结晶，
是永不褪色的记忆；
那浓浓淡淡的咸涩，
是绵绵不绝的乡愁。

久远了岁月，

却怎么也忘不掉你的根；
暗淡了时光，
却无时不在闪现着你的影子。

穿越千年的地平线，
你像雕刻一般矗立，
一半顶天，
一半立地。

燊海井

◎ 温莉群

是你
燊海井
凭借顽强挺拔的脊梁
早在清朝年间
便托负起
盐都人民殷切的希望

历经十三载
披星戴月、栉风沐雨
铁碓一次次铿锵有力地夯击
三叠纪石灰岩层坚硬的躯壳

十三载日升月落
胼手胝足、呕心沥血
用极限的坚韧与血气
钻凿到超千米的地层深处

终于唤醒
沉寂了两亿年

深藏于黑暗地界的神秘之水

经过浴火的历练
让黑卤转化为洁白晶盐
诱发别开生面的味觉世界
启动有滋有味的精彩生活

大自然的慷慨馈赠
并不在人们唾手可得的距离
就像梦想总是寄托在
锲而不舍、艰辛跋涉的步伐中

是你
燊海井
以巍峨屹立的身姿
让众生仰望的高度
永远矗立于人们的精神意志里

问 鼎

◎ 岩 人

　　我家乡自贡的"燊海井"是世界第一口由人工打造的超千米盐卤深井，有千年历史……

先民
用血肉之躯
和智慧的灵魂
向地层深处
纵深千米
捧出一个鲜活生命
向苍天问鼎

盐花花
纯洁、晶莹
情绰绰
遥远、幽深
历史的交响
曲曲崭新
一座城市
给了她发聩的回应
无愧的传人

我的邻居燊海井（组诗）

◎ 华伯清

烧盐工人

每天　几十吨卤水
在灼热的盐锅里沸腾
产生大量的高温蒸汽
笼罩着灶房　同时
扑向赤膊烧盐的工人
穿透肌肤　骨头　每个细胞
致使满身大汗淋漓

烧盐工人用智慧的双手与铁铲
掌控盐锅和卤水的火候
掌握添加豆浆的技术　技巧
提取卤水中所有的杂质
使卤水更纯洁
才能结晶出优质井盐

卤水不断地在盐锅里沸腾
汗水不停地从烧盐工人　赤城的心里流出

一滴汗一滴心血

每一粒盐都是烧盐工人

一生辛劳与幸福的果实

竹椅　杯子

灶房里　有两把深橙黄色老式靠背竹椅

看上去年代已远

它们被安放在两排盐锅之间

狭小的空地上

供烧盐工人生产时短暂地歇息

竹椅靠自身凉爽的性能

坐着或者躺下皆较为舒适的感觉

为烧盐工人的辛苦劳累服务

盐工们则用强壮的身躯

与竹椅亲切地握手

以沉默表示感谢

竹椅面前　没有茶几

在盐锅灶台台角边缘处

放着两个已泡好了茶的烧瓷杯子

烧盐工人想喝水时

走过来揭开茶盖

端起杯子喝上几口
喝完后再拿起茶盖
清脆一声响
盖住茶杯　立马转身走人
这时　听见"哐当"一声
一看　茶杯倒了
喝茶的盐工听见"哐当"声之后　大声说：
"没得事　杯子欢喜了　要躺倒耍一会儿"

我想：盐工看重的是烧盐
不必再转身拾起倒下的茶杯
才有了盐工那两句
精辟　幽默　开心的语录
也许　杯子真的乐了
烧盐工人揭开茶盖时
茶盖与杯口轻声地摩擦
喝完茶后拿起茶盖时
茶盖与杯口又清脆一响
茶杯倒下又"哐当"一声
盐工又语录一句
这些声音都是一个个音符

工人与杯子的互动　理解
又都自然而然地连贯成了一种旋律

这旋律　在各自的心中回荡
也在我的心中回荡……

燊海井的天车

现在　世界生长出
许多林立的高度
有的高度　仰望时一片模糊
有的高度　根本无人问津

181年间　燊海井的天车
一直保持着原来的模样
登门拜访的邻居和国内外游客
络绎不绝

燊海井源源不断的黑卤
仰仗天车的高度提捞汲卤
近两个世纪的烧盐锅
至今没有一天停产
亿万吨燊海井井盐享誉世界
你　却原地不动　缄默不语
永远屹立在天地之间

穿越燊海井

我的目光　穿越燊海井

清朝道光年间　一群头裹白布长条巾
身着粗布长衣衫　上身斜挎干粮袋
手持竹制　铁制顿钻等工具
脚穿草鞋的汉子们
穿行在野草丛生之中
不畏蚊叮　蚂蟥钻腿　毒蛇乱咬的危险
在满山遍野的树林之中
他们常遭遇野兽异常出没的袭击……
这群汉子　仍坚定不移
在这些连绵起伏的小山地带寻卤　凿井
历时三年　燊海井建成

我的目光　乘坐
天车从井口放进井里
十几米长的竹筒
往下降　往下降……
无阻地穿行在井深的巷道里
近两个世纪的石头井壁巷道
依然挺直　坚韧
这条巷道　是世界唯一的
一座地下长城

世界的目光
不断地在这座长城相遇　聚集

点赞中国人民的智慧

创造出了中国寻卤　凿井的历史奇迹

世界第一口超千米深井

也是　世界盐业历史的奇迹！

→ 燊海井（供图　黄明鑫）

古盐井的深度

◎ 邬永红

咚咚咚
对板昼夜不息
一柄叫做坚韧的利剑
一点点穿透坚硬
穿透 4000 多个晨昏
穿透 2 亿年时空的异彩纷呈

1000 米,地表之下
白色的精灵,是三叠纪的密码
注定有一场,与地心之火的邂逅
相伴升腾,演绎浴火重生的浪漫

1000 米,接通天空和盐层
接通生活和梦想,从此
燊海井成为圆心,成为一域百姓的图腾
林立的天车,剑指云霄,次第生长
笕管灵蛇一般,蜿蜒起伏,伸向远方
釜溪河里早就橹声嘈杂
一座有盐有味的城市,悄然立在岸边

盐井魂（歌词）

◎ 刘念林

一条经脉延续的根
一腔热血浇铸的性
一个胸怀包容着亿万颗心
一方水土孕育了圣洁亲情
伟岸身躯撑住时代的命运
坚韧钢绳串起年轮的痕迹
琼浆玉液香满天
醉红江山惠百姓

千代传人打造的军
千口锅灶熬来的银
千层地火燃烧着无尽大爱
千载壮举彰显了不朽精神
铁石肩膀担当岁月的艰辛
铿锵脚步踩出历史的足印
智慧灵光永闪烁
民族丰碑盐井魂

来自燊海井盐的自述

◎ 毛 进

在远古的蛮荒时期
我原本是咸咸的海水
曾目睹过恐龙的诞生
并将它壮大的筋骨喂养

只因天翻地覆的地壳变迁
我被埋在了地层深处
寂寞的黑暗中,我把光明企盼
渴望被人类发现
我相信自己会重见天日
我日日夜夜地盼开采的机缘
终于,盼来了世界上第一口人工钻凿超千米的深井
——燊海井 将我提炼成了晶莹洁白的盐

有人夸我是白领
有谁能像我用一小撮盐,就让人的生活变得滋味美鲜?
可我始终低调

我随时保持着轰轰烈烈献身的情怀
只要人们需要我的付出
我将无怨无悔,投身汤锅菜碟
为人类日子美好
我勇往直前

→ 熬(供图 黄明鑫)

【链接】

美哉，井盐文化的"富矿"

黄兆华

大千世界，拥有井盐文化的地域毕竟不多，而自贡却独具造化，故夺"盐都"桂冠。世人谓"桂林山水甲天下，阳朔山水甲桂林"，我们不妨引喻"盐都井盐文化甲天下，大安井盐文化甲盐都"来称誉大安这座井盐文化的"富矿"。

不是么？世界第一口人工开凿的超千米深井燊海井（国家级文物保护单位）在大安；千年盐都的标志——"天车"，高达113.4米的达德井天车在大安；全国第一口机器钻凿的鼎鑫井在大安；宋庆龄"宋氏三姐妹"曾经参观过的咸海井在大安；在大坟堡，在1.2平方公里的区域内，曾经多达200井，平均600平方米就有一眼井，有盐岩通腔的发源井、竹枧纵横的泽厚井，推牛最多的天海井。

而围绕井盐事业兴起的川南名埠牛佛古镇——已是四川省历史文化名镇，并即将成为全国历史文化名镇——也在大安域内；汇集盐商文化瑰宝的三多寨、大安寨也镶嵌在大安；因"川盐济楚"而成为自贡盐场货物转运集散的"东大路"重镇大山铺也在大安；自贡盐业"四大家族"的发祥地认真地讲也在大安……

上述诸多盐文化是盐都的"家珍"，其中有一部分还处于"养在深闺人未识"的景象。在启动"文化自贡"建设的当今，发挥大安井盐文化的优势，开发和利用好盐史文化遗迹，提升城市文化品牌，尽快形成井盐文化"名片"，从根本上扭转在文化建设和发展人文旅游事业"端着金饭碗讨口"的局面势在必行。

第二辑

最「恐」的龙

一块一块化石,一条一条巨龙
隐藏着一亿五千万年前的秘密

——辜义陶

中国恐龙

◎ 辜义陶

在自贡。一个叫做大山铺的地方
传说是中国恐龙的故乡

那里的每一座山峰每一块石头
那里的每一棵树木每一棵小草。都能够
讲述恐龙悠久的历史
讲述恐龙迷人的传奇

当那些坚硬的恐龙化石
被阳光复原为一条条神奇的恐龙时
世界上所有的眼睛
都被惊得目瞪口呆
一块一块化石,一条一条巨龙
隐藏着一亿五千万年前的秘密
殷勤的清风为我们诵读
多情的星星为我们翻译

背对时间的河流,我们
匆匆的脚步是否把它惊醒

这些坚硬的骨头
突然间，变得亲切，变得温柔

看，那些昂首阔步走来的恐龙
不经意间爆发出一声长长的吼叫
积累了一亿五千万年的霸气
让我们脚下的大地也在震颤

恐龙曾栖息的地方

◎ 阙向东

一觉竟睡了一亿五千万年
血液和肉体不翼而飞
留在遥远侏罗纪的魂灵
通过石化的躯干
固化着一个个难解的谜

一方润泽生命的土壤哟
每一寸都浸透了雄霸世界的基因

高扬着不屈的头颅
舒展开矫健骨骼
昔日的丰盈和壮美在我们身上复原
复原出一代代脱胎换骨的生灵

物质不灭　生命进化
两千年蒸云煮海
绵延生息的龙的传人哟
意志如天车插向云层

哦！这恐龙曾栖息的地方
到处都弥漫着王者风范的灵魂

我们敢为天下先
人工凿出超千米深井
于是浅丘峁岭之上笕管逶迤
于是黑油油的卤水熬成亮晃晃的白银

四百平方公里的土地上
富含维生素卤族菌群的紫土芬芳
润泽富饶的土壤里
茂密茁壮的稻庶微波荡漾

雄踞于山巅的古寨
山崖的弹孔斑斑锈迹
世外桃源般的城堡里
多子多福多寿的梦
像一年一度梨花般的燎原

青龙湖　一汪碧玉般的春水
宁静清澈的深深恋情哟！
悄悄地袒露着羞涩的心声
浪荡撒野的遗弃儿们

骄横、独傲、任性
我们从遥远的地方走来
搀扶着挺起崭新的生命

于是，我们的心中
有了蓝天，有了白云
有了一往无前的力量
有了坦荡宽阔的胸襟

如今，鸟儿在我们的头顶萦绕
花儿在我们身边滴翠
但是，多少多情的游浆
扰不乱我们深邃的眷恋
多少焦变的镜头
也摄不走我们执着的心灵
我们期待的双眼
望着远去的山道
山路变康庄　我们踏上远行的征程

哦！这片恐龙曾栖息的地方
这片我们土生土长洒下汗水的沃土哟
多少年了我们相依相存
日日夜夜，我们蘸满着
如诉如泣的期盼

在书写求索振兴的诗行

我们带着父老乡亲的嘱托
在这无怨无悔的地方纯洁无私，落落大方
在这青山绿水中挺起胸脯
让世界投来欣喜的目光
王者风范给了我们巨大的勇气
我们把一个新的高度
化作了起点
毅然奔向了更加遥远的地方

哦！在这恐龙曾栖息的地方
多少年了，我们用甘醇的乳汁
喂养我们的故乡
多少年啦，我们翘首以盼天边的云彩
装扮我们更加美丽的遐想——

哦！那时
那时我们将再不会寂寞
身边有只只白天鹅表演优美的探戈
萦绕在头顶的云彩
将会燃烧起我们更加火热的生活
我们会把全部的爱
聚成一个通瑕无疵的晶体

在川南福地荧光闪烁

那时，世界将如愿地投来欣喜的目光
但是，到那时哦
我们切切不可忘乎所以
我们不会让冲出闸门的身躯
慢慢地又柔情脉脉
我们要不断碰回页页高昂的倒浪
召唤后来者，勇敢地去拼搏

哦！恐龙曾栖息的地方
如火如荼的建设正在进行
与时俱进的号角早已吹响！

恐龙蛋化石

◎ 黄德涵

一亿年沧海桑田
孤守内心,我还是我
一枚恐龙蛋化石
一个没有破壳的传说

(一)

洪荒啊!哪里有宁静
哪里是安身之窝
风雨阳光,弱肉强食
生与死在博弈中纠缠交错
桫椤,苍鹰,是近邻
火山,地震,如恶魔
我一直在做梦
一直在梦中等待
也一直被梦养着
用一个圆遥望每一天
让阳光透过我的苍穹
投来云影,星辰

投来山的巍峨,海的辽阔
那些光亮一直温暖着我

(二)

我无数次死去,死去
又无数次活过来
等待诞生日——
一个默守,等你来敲门
捧出一个远古的胚胎
翻读一部巨龙的起源学
大山铺,丘陵的一个小镇
人们用叮叮当当的锤声
敲破了沉埋,敲醒了求索
给我古堡样的居所
来吧,一拨一拨的游人
我把梦完整地交托给你们
孵化图腾,放飞龙的精神
热土大安,我不是传说

(三)

沉埋,让大地富有
沉埋,让我还是我

一枚化石蛋就是一个宝藏

就是一个神秘王国

发掘吧,关于生命

发掘吧,所有疑惑

打开时光之门,你听你听

那么多梦想在太阳下破壳

→ 恐龙蛋雕塑(供图 黄明鑫)

在自贡恐龙博物馆

◎ 陈智泉

宝马牌汽车跑得真快
眨眼工夫，就把闹市里
蜗居惯了的我们，吐在
白垩纪的大山铺

好奇的我们，不无好奇地
向时光深处走去，走去
兴之所至，也没有忘了
邀一群嘻哈搭笑的美女
摆一个潇洒的啪士
同草坪上活灵活现的
恐龙，以及残损的蛋壳
在镜头面前，来一次
最最古老而又最最亲密的接触

至于，那些憨态可掬的恐龙
究竟睡去好多年了
它们又为何一起睡入
亿万年前冰冷的石头

见怪不怪的我们
依然保持着
见怪不怪的缄默……

我们在见怪不怪的缄默里徜徉
我们在见怪不怪的缄默里缄默
我们从见怪不怪的缄默里
见怪不怪地走出来
我听见一只翼龙
躲在暗角里幽怨地说：
我们都绝迹这么多年了
你娃，却还活着

大山铺·恐龙奇观

◎ 袁继伟

尸骸化成石,表情深不可测
血在说,泪在诉
远古洪荒的灾难,也许山呼海啸
也许天崩地裂

隔着时间的刻度,跨越沧桑的厚度
我抚摸,石缝中的龙蛋
龙,毕竟是龙
连蛋也显示出王者的风范

一段似曾相识的时光
让人浮想联翩,仿佛童话温暖着
水草丰茂的滩涂,这里生长爱情
适宜养儿育女,这里曾是绿色的乐园

生存法则,宛如地球迸裂的伤口
冷酷的面孔让我不寒而栗
再次思考顺天或逆天的哲理
敬畏自然敬畏山水敬畏生命的含义

螺丝钉和科技将你复活
复活在荧屏上玩具中故事里
你，依然是侏罗纪的王
龙都的王

→ 自贡恐龙化石（供图　宋保中）

这是恐龙生活过的地方

◎ 尔东马

有一些趾高气扬的骨头
深深种在厚厚的泥土里
一种光芒
生长了上亿年
注定要穿透时间
把一块神奇的土地再次照亮
这里
是恐龙安睡之地
这里
盛产恐龙筋骨一样昂扬的尊严

时间,流水般安静
恐龙主宰过的土地沉寂了好多年
沉寂并不等于消沉
有盐沉淀
有气集聚
有财富和厚重的历史堆叠
有江姐一样的骨头在生长
一切行进一切奔跑

似乎都在接近一个崛起的春天

这是恐龙生活过的地方
处自贡之东就是坐在一片热土的风口
那些沉睡的精灵
正长出新的向往
许多人沿时间出发
从高速走出去
从铁路走出去
从现代化的思想和观念走出去
让商贸进来
让游客进来
让财富和世界的关注进来
一片土地正在重现人来人往的繁华

合上最后时光

◎ 王鹏飞

桫椤谷是有灵魂的
你很快忘了
为什么来这里
和远古的风对话
在白云轻轻注视下
像古生物时代
恐龙家族的一员
像万年后的人类
有高兴　有忧伤
有弱肉强食
甚至有爱情
只是后来累了
漂泊到这里
随意地睡了
醒后
骨骼化作化石
肉身成了山冈
横卧的血
合上最后时光

赶集大山铺

◎ 李　阳

我已经想不起，骨肉未分的日子
多么丰满且野蛮
咀嚼着桫椤，在山谷中追寻着
爱情和仇恨
那么多原始的泥石、植物和传奇
层层叠叠的在一个镇子里铺开
我想我该睡一觉再醒来
正好赶上二五八的场集
有时孑孓在化石博物馆
更多时候行走在残喘的老街旧巷
我对每一个老乡都礼貌招呼
你好，人类
我肉你十万八千里
骨中怀着你前世的忧虑
你的大山，铺出这一世繁华
有电器、有衣物，也有鸡牲鹅鸭背箅包帕围腰
也有我，也有我，也有一把老骨头
拄着时间的杖，一动不动伫立在地下
看看这，看看那，什么都不买
肉是多余的家什，骨是不卖的土特产

恐龙,时间里的诉说
——参观大山铺恐龙博物馆有感

◎ 温莉群

远古、洪荒
距今两亿多年前
用超常的想象去衡量
用现代的法则来思考

天地、苍茫
一种生物顺时应运而生
在这个星球上存活一亿多年

人类用五千年的文明演算
及先知者的智慧和经验印证
浩瀚时空、生命轮回
这般幻生幻灭此消彼长

可怜呀
倒下的恐龙
灭绝了人类千古永存的妄念
仓促短暂的几十个春秋

容不下一世的光荣和梦想

驻足流连这须臾人间
风云一生终会灰飞烟灭
繁华落尽总会烟消云散
人在地球上不过一粒尘埃

生物进化中
历史长河里
时间　才是永恒的主宰

【链接】

从远古回来的龙

含 笑

  父亲曾经对我说,东海、南海、北海,知道西海在哪里吗?在很久很久以前,自贡就是美丽的西海。

  于是,你的破土而出顺理成章。

  难以想象,那冰冷粗糙的骨骼曾支撑着一具具强悍的躯体,在西海的地盘上肆意横行;难以想象,科考学家说那强悍的躯体里也曾盘踞着温柔的灵魂。

  粗犷也好,温柔也罢,你们远古霸主的地位难以撼动。直到,那一场突如其来的灭绝之灾。逃避、退缩、挣扎……你们不断的倒下,最后一眼望苍穹,灰色弥漫,血色无边。

  重见天日的你们,与我直线距离不足五公里。你们坚硬的骨头、保存完好的骨骼形态,成就了世界著名的"大山铺恐龙化石群遗址",使得曾经荒凉的大山铺有了我国第一座专门性恐龙博物馆。面对灾难,你们不忍远走,难分难舍,以至于6.6万多平方米的馆藏化石标本几乎囊括了距今2.05-1.35亿年前侏罗纪时期所有已知恐龙种类,是目前世界上收藏和展示侏罗纪恐龙化石最多的地方。

  你从远古回来,我们比邻而居。愿每一个人都心怀良善,在善待你们的同时,更懂得善待生活,善待我们赖以生存的地球家园。

第三辑 最「盐」的地

揭开一层层薄土
那些井睁开眼睛，询问
推水的黄牛呢，提卤的天车呢
烧盐的灶呢，盐担子呢
那个白银滚滚的传说呢

——黄德涵

时光荏苒
叱咤风云的古寨
东南西北的寨门
那些箭楼和炮台
还有那寨内八景
都在默默地呐喊

——刘蕴瑜

盐场歌谣

◎ 李自国

山岩又一次震响
山岩又一次震响
雪地往下滑动
黑卤呵　我们等你出现
等你出现　乌云遮东
乌云遮南
沉溺于寒风中的井绳
从我们肩头　祖先肩头　儿孙肩头
翻过一道道山
滑出一匹匹岩
岩叶深处是井盐呵
岩叶深处是傍晚
井神井神你快张口
黑黑的卤水冒出来
天街的火把打起来
咚咚藤鼓敲起来
早打露水晚打热
太阳落坡就要黑
黑黑风窝里　一口老井说话啦

两口三口跳出个新娘来
身着纹绣的瓦罐盛满汗
汗神渍出白花花盐
苍天敞开是喊叫的心呀
岁岁庆典裸魂来
四方的云使汇拢了
瞧　它们升起　它们升起
高高天车　走进炊烟
一行行蹄印踩出来
神圣的盐庄转起来

大安,凝聚盐的前世今生

◎ 黄德涵

大坟堡的盐

大坟堡是大安的前世
我在寻找盐的今生
揭开一层层薄土
那些井睁开眼睛,询问
推水的黄牛呢,提卤的天车呢
烧盐的灶呢,盐担子呢
那个白银滚滚的传说呢

大安人说,都好好的呢
来到世上的盐,至今
在无数血脉里流淌
流着牛劲,流有汗香
流淌瓦斯的热情
大坟堡是块风水宝地
融入生命的盐,成为又一座富矿

仰望祖父

在东场,祖父以辊工的名义

守护百米高的天车
他头戴藤帽手持猫刀
啄木鸟一样，剔除朽木
换下废丝，像取出病虫
他在半空游动
一小点儿身影，还被捆绑着
自由站在二指宽的木楔
天车是古朴而真实的理想
支撑深层的渴望
祖父一生都没飞起来
却从山鹰盘旋的高度坠亡

盐担子爷爷

爷爷大半生挑盐，人称"盐担子"
他从大坟堡出发
肩上的扁担像翅膀
一直向东，几百里闪悠悠
他面朝坎坷，是"向地葵"
爷爷心中，大地才是最尊敬的神
给人衣食，给人分担重任
他埋着头赶路
从一条盐道走上另一条盐道
却永远也飞不起来

他的背压出了无数盐斑
太阳始终没有看清他的脸

最后的古盐场

一道旧墙,把燊海井
隔在道路之外
围成最后的古盐场
灶房,井口,天车
瓦斯,卤水,一百多年来
那些沸点,都是渴不死的水
都是流不干的汗
蒸气像一根根游丝
从锅里抽丝剥茧
那海,其实就是我们的邻居
透过光胴胴的喘气,我看见
一粒粒人工熬的盐

洁白的井盐

蒙受上亿年重压
盐,一旦裸露于太阳下
却圣洁如雪
这挤干了黑的白

这浓缩了细微闪电的白
这穿透时光的白
由爱保鲜
——白得欲说还休
——白得不会腐烂

做一粒盐多好

拂去风声浪声
在大安,我沉淀下来
命有居所,怀抱
不再漂泊的魂
做一粒盐多好
小小的,小小的
却真实,纯洁,安静
有滋味。把命运的咸
凝练成晶,多好
小小的,小小的

因为有你（外一首）

◎ 刘蕴瑜

你在这里我在这里
同在一片深情的土地
近在咫尺
却隔着千载的距离
你不知道我
我却懂得你
卤花之上的巍巍丰碑
天车脚下的绵绵话语

多少年来
我一次又一次地走近你
走近你
领悟你的传奇
触摸你的思绪

你是我的生命之根
我是你的期望之翼

千年岁月的话题

地层深处的奥秘
汉砖之上的故事
唐时月光里的足迹
都在你充血的肌肉中
都在你深邃的目光里

盐　这个永恒的命题
在你的血脉中延伸
直达千千万万的生命里
令我和我的兄弟姐妹们
以毕生的热血
接受一次又一次的洗礼

什么沧海桑田
什么斗转星移
都在你的身后
都在你的背影里
那些
千帆竞发的神奇
那些
落日熔金的壮丽
都永永远远地
写下了一个不朽的你
只有读懂了

地层深处的盐卤
才能读懂你

我知道你的情
我懂得你的意
所以我才
顺着你的视线
寻着你的足迹
无论山高路远
无论冰霜雪雨
千万里我追寻着你
说什么累
道什么苦
走近你
我便成了一团火
可以燃烧我自己
说什么来之不易
道什么遥遥无期
走近你
我便成了你
在这片深情的土地
我依然可以像你
超越时空创造奇迹
千年万年也就并不神奇

这一切的一切
都是因为有你

三多寨

险峻三县交界处
寨堡雄踞牛口山
紫气东来
峻岭横烟
多福多寿多男子
吉祥如意求平安
三多寨　历经风云变幻
这是盐的足迹
这是盐业史上的一个转折点
沿垛口望去
有碧青蔓延
侧耳倾听
有回声弥漫
用五指触摸乱石高坡
便有几多震颤
灰墙红门青瓦
写满了多少期望和无奈
高耸的封火墙能抵挡烽火
却抵挡不了岁月沧桑

"十里之遥闻声响
南门坡上赶集声"
已成为美谈
时光荏苒
叱咤风云的古寨
东南西北的寨门
那些箭楼和炮台
还有那寨内八景
都在默默地呐喊
矗立三多寨
每一根神经
都是紧紧绷着的弦
怕一不小心
就碰碎了某个早晨和夜晚
也恐一伸手
就会遗臭万年

在釜溪河边,守住一粒盐的白

◎ 陈学华

夜色肤浅,今夜的釜溪河
不适合怀想。
反复听说那船帆猎猎的繁华
却想不出,在时间的激流里
历史曾怎样地摇晃,摇晃……

趁着,八月十五还没有到来
借尚未圆满的月,切开时光
切开,一条河的过往
河岸日益挺直腰身,河水明显又瘦了一圈
心底的隐秘,被一天天交出
石头垒就的盐码头,早已空空荡荡。

我突发奇想,那么多的盐借船出川
会不会有一粒,在日益腐朽的肉身里
守住最初的白。
会不会有一粒,在这样喧嚣的夜晚
遥想一口深井,思念一寸坚硬的石灰岩
会不会,有一些幸运的盐

忍受得了亿万年的疼痛,重返千米之下
还以卤水的形态,等待另一场熬煮
剔除世俗,析出白和阳光
就像一个伤痕累累的浪子,在一个月光皎洁的夜晚
折身回到唐朝,回到一个举头望月的姿势
低头,让泪水,尽情打湿双眼

→自贡盐史馆(供图 宋保中)

滚滚盐河……（组诗）

◎ 蔡昌利

盐的思索

步履如夯
迈进浩浩古盐场
泪落的星光
划破时空的苍茫
闪现出　那片片水丰火旺蒸云煮海的繁忙
蓦然回首盐堆积如山
仿佛一位白发苍苍的老人
沉思不语　暮色潜然……
此刻　吮盐乳食盐饭居盐房长大的盐的后裔啊
奔流的热血正哗啦啦地激荡着盐卤的涛声
炉火熊熊的胸中正呼呼地燃烧着熬盐的圣火
他们诗潮汹涌　热血澎湃地在企盼在求索啊
那一口口讲述了千百年勤劳与智慧的盐井
将怎样穿越岁月的年轮
放大日月般瞳孔的光芒
那一座座矗立了千百年盐业丰碑的井架
将怎样抡起发达的肌肉与锐气

雄起强健的骨骼和精神
让古老的天车树枯木逢春

盐的呐喊

我勤劳的爸爸姓盐
我智慧的爷爷姓盐
凿燊海井的老祖宗呵
更是这盐祠堂的族长……
滚滚盐卤曾是我们家的财源
堆堆盐巴曾是我们家的靠山
盐　曾使我们家富甲四方
盐　给我们家留下了牧羊女神奇美丽的传说
盐　给我们家创下了磨子井烟根井锲而不舍动人的故事
然而　岁月如盐
盐海沧茫　盐海浮沉
潮起潮落的盐
仰望列祖列宗
那些天车入云的丰碑为之汗颜　为之怆然……
不，不!
盐，不是永久的沉默
盐，不是遥遥无期的哀声和叹息
盐呵，你是烈火中的沸腾
你是烈火中的熔炼

你是烈火中的凤凰涅槃

功勋的盐　荣辱的盐

我子子孙孙的盐

我为你振臂高呼

我为你纵声呐喊

盐的回答

牧羊女

足下那源远流长的盐泉

就这样枯竭了么

古老天车

雄赳赳气昂昂指挥的那支盐场大合唱

就这样喑哑了么

再唱不出采卤的号子震荡山谷

再吼不出掘井的轰鸣响彻云天

不！不！

浑厚如歌的盐史

星光璀璨的盐文化

绝不苟同　缄默

曾一泉流白玉万里走黄金的盐呵

金属般响亮地回答——

盐土的热血多少年来都是炽烈如火的呀

盐土的精神多少年来都是与日月同辉的呀

盐　深深地坚信那输卤的笕管
会重新与划时代的脉搏迸动
盐　深深地坚信那熬卤的灶锅
会重新与蒸云煮海的岁月沸腾
盐　深深地坚信
那恪守王爷庙的龙凤山
会从沉睡梦中醒来插上凌云的翅膀……

呵！您看，您看——
那束缚的滨江路长堤
正张开世纪伟人的双臂
拥抱盐花飘香的春天
呵！您看，您看——
那沉寂的釜溪河
正冲破云缠雾绕的迷蒙
犹若一匹脱缰的烈马
——惊涛拍岸

盐山盐水盐都（外二首）

◎ 袁继伟

盐以含蓄的品质，鳌占百味之首
无盐，美味不美，佳肴难成佳肴

井神的指尖点通自流井
土地沸腾，盛开万口盐锅
笕管依山绕梁，躺着是卤的血脉
站立是盐 的路标

天车林立，日夜唱响升降的歌
车吱声牛哞声铁铲声，和声奏响
十九世纪工业化生产的秩序
井然得这座城市滋滋润润，声名远扬
而煎熬的生命之水
让寡淡的日子也有盐有味了

釜溪河日夜流动着的，不仅仅是
舟楫竞发，不仅仅是高亢的船工号子
还有川盐济楚的壮歌
抗日救国慷慨捐金的义歌

歌声里，血的热度和汗的盐渍浓重憨厚
至今抹不去的将军手迹
真实地记录了这个城市的精神
龙凤山依旧保持
龙的骨气凤的浴火涅槃

当我站在古老的盐井旁
顿觉底气十足。盐的力量涌进血管
助我不断攀援天车的高度
金色梦想活跃银质的土地
斑斓养育我们的盐山盐水盐都

天车·盐的旗杆

你的模样，就是盐汉子的写照
杉的骨骼韧的生命
赤脚扎进土地，笔直向上

你从汉时一路走来，与盐井兄弟
一起并肩劳作，挖掘盐的灵魂
唱亮咸咸的歌谣。唱旺这片土地
唱得盐成就了都

战火纷飞中，你挺立脊梁

头颅高昂。震慑敌机如惊弓之鸟
面对风云变幻的时势
你的骨头越长越硬。四海美言的潮水
赞誉你,东方的埃菲尔铁塔
而我从翻卷的浪花中看到,中国元素
经典群雕,昂扬成伟岸的旗杆
闪耀盐的光芒
周围的民俗也跟着亮丽起来

三多寨·春

雄姿逶迤牛口山头,挺过百年沧桑
我看到,枪痕弹洞至今留在阳刚的胸膛
向岁月述说曾经的荣光

五公祠,青石板铺陈寨堡的根基
斑驳的颜色,穿过历史的锋芒
古老地沉默在时间的深处

这里,钟情本真。民风抚摸每一块石头
阳光青睐每一寸土地
多子,多福,多寿
三多,美好的寓意已经开花结果

季节的入口处，我游离缤纷之间
看老树如何坚守花儿的纯洁
桃花纯纯的艳，梨花洁洁的白
优良的品质一点也不曾丢失

春的讯息闹枝头，城里人向往
山中桃源，循着淳朴而来
我放飞一叶憧憬的风筝，扶摇直上
三多寨的明天越飞越高，辽阔宽广

→自贡盐史馆（供图　宋保中）

王爷庙

◎ 罗士成

疯长的现代
淹没不了
这古典的一笔

釜溪河畔
高崖之沿
王爷庙
简约　安详
峨然而立

飞檐　雕窗
嘉木　清风
袖珍与婉约里
美学着庄严的写意

阳光中
我们来这里会友　休闲
我们来这里晾晒思想
掂量城市与盐的话题

大山铺记忆（两首）

◎ 游建慧

三根扁担

三根扁担是大山铺通向外面的道路上的三道梁
从第一根扁担到第二根扁担
一只麻雀越过桉树枝
落到另一枝桉树枝
我识得它
半个世纪的羽毛就那么不灰不黑
有浑浊的光
和当年并无二致

被钓鱼人阻截的叛途
在此夭折
那只麻雀见证了一个少年曾经迷失的分寸

我记得钓鱼人头上的草帽
和滴着水的笆篓
他似乎说他的笆篓终于下水了
在这之前他枉费了好几天光景

我想我是他意外的某条鱼

那年我三岁
没按外婆要求原地不动等她赶场结束
我想自己回家却反了方向

母亲说如果我过了第三根扁担
并且没有碰到父亲单位那个旷工去钓鱼的人
我就成了别人的孩子

大山铺

旧得像梦里的情人

我和小伙伴用跑山的光脚
在镇口土坡踩出恐龙的遗骸
之后,她被粉饰挂了头牌

之后
街道就断了头
南华宫的马头墙歪向夕阳
我的梦
就散落于上横街的青石板
下横街的黄桷树

中茬子的烧饼变身无水蛋糕
同心苑高大英俊的白案师傅
和市管会的女人演一出柜中缘后
佝偻了一辈子身板

我将老屋挂满蛛网的火笼
石磨，八仙桌，还有雕花窗板
搬到闹市
大山铺就彻底散了
像我年久失修的心

老街,我和你擦肩而过

◎ 陈智泉

一位蓑笠老翁,沐入
唐时的斜风细雨
垂钓着静静的釜溪河

穿旗袍的民国女子,撑一把油纸伞
在狭窄的青石板小巷,与我
擦肩而过

木板房内,留声机里的周璇小姐乐此不疲
一往情深地倾诉着四十年代的爱情——
"天涯呀,海角……"

在古寨,我听到一声叹息

◎ 陈永春

顺着盐马古道的遗迹
春天的画笔
轻轻涂抹　这片悠远的土地

孤独的城门　远眺着高速路的轨迹
残存的城墙　记录着做旧的印迹
攀援的杂草　已经攻占了炮台的领域
一个雄伟的俯视姿势　只能在烽火燃烧过的悬崖峭壁
依靠凭空想象　巍然挺立

相比山下新农村的朝气
古寨明显多了几分暮气
憔悴的面容布满沧桑　佝偻的背影写满回忆
就像一位从未离开故乡的留守老人
小心翼翼地守候着历史斑驳的痕迹

退思堂　大门紧闭
锁住一段幽怨时光的痕迹
以及一段过往的无法逃避

安怀堂　如此沉寂
据说在它附近　又坍塌了一堆堆记忆
记忆的废墟　已经被现代宣布为领地
一座座不合时宜的砖房子
不久将在此骄傲地林立

春天　在古寨之巅　默然伫立
我听到一声来自民国那年的哭泣
我看到一群衣衫褴褛的文字
沿着刻满文明的西风古道　徘徊又叹息

→三多寨桂馨堂（供图　黄明鑫）

三多寨的梨花

◎ 叶 敏

多子多福多男子,是一座古寨的寓意
其实再多,多不过梨花开落
一夜春风起,香雪如海,十里洁白
执手横岭曙色,四百米寨堡之上
落满你年轮里圣洁的留白

多子多福多男子,是一域土地的梦想
你扎根的沃土,曾经乡绅、巨贾往来
战乱袭扰,盐商堂院辉煌
时光百年
寨门前进进出出的脚步中
你不悲不喜
春华秋实,默默相送

送过百年花开
送过百年硕果

三多寨的萱草花

◎ 王鹏飞

（一）

多远就看着您啦
黑色长裙
配深蓝坡跟凉鞋
该如何从容招呼您呢
白月亮吗　先生吗
心头局促得
像四十七岁的少年

（二）

昨天开始
我的领地没有夜晚
不再怕故事重施粉黛
不再怕名人　大师
涌现的世界

我的领地只有
一株轻轻长在　屋后的枇杷树
我守望她换上春的旗袍
我守望她救赎初夏的陷落

（三）

古寨防盗
防对良心的抢盗
难怪归来
你把大家领进
叫忘忧阁茶苑的圈套
为什么总忙前忙后呢
为什么装作短信看不到
为什么好容易见面
好容易对话
竟是一声
谢谢了

（四）

竟是一声　不送了
你儿时的人民公园

我掉队了
我迷路了
你明天清早
会收到
我托背夫
送来那
古寨的萱草

→三多寨古寺（供图　宋保中）

旭水梦萦

◎ 李欣怡

昨昔,八里秦淮
那被盐工号子划破的涟漪
在千帆竞发中
悠悠地荡漾开去
又在昼夜千万次的轮回里
流淌成一首
经久不衰的
意韵绵长的
赞美诗

平桥码头
浣衣女银铃儿的笑声
飞溅起那朵朵雪白的浪花
无意间
温暖了一个个冬天的寒星
清凉了一个个夏季的阳光
也浸渍了父辈们
苦中带甜的休憩

晚风拂碎的夕阳下
一条花船
潋滟波光
把外婆讲述的故事
摇曳成
那乡音难改的
那终身不变的
悠悠情丝

今夕
仰望璀璨晴朗的夜空
俯视熠熠生辉的灯火
再次圆了
一座古城
流淌了千年的
憧憬了好久好久的
梦萦

昨昔,今夕
飞跃了
见证了
点亮了
链接了
一座城市的再度年轻

寻访盐都三多寨

◎ 任德生

古寨古堡古城墙,
多福多寿多男郎;
百年沧桑今寻访,
穿越时空觅辉煌。

富甲全川看盐商,
三姓家族李颜王;
选址筑寨建城防,
励精图治谱华章。

工事突兀峰峦上,
七万黄金费思量;
石道蜿蜒铸屏障,
十一春秋梦绕梁。

炮楼高耸抬眼望,
天地辽阔视野广;
富户闻声喜若狂,
扎根沃土定居忙。

八大景区魅力扬,
先贤达人灵飞翔;
庭院楼阁巧工匠,
鳞次栉比如画廊。

闲庭漫步任徜徉,
远山近丘呈吉祥;
池塘杨柳和风畅,
花香鸟语醉心房。

古街旧貌人丁旺,
追思盐商诉衷肠;
胜地遗址好风光,
十里周长岂能忘。

→三多寨老寨墙(供图　宋保中)

【链接】

扇子坝的遗憾

黄兆华

晚清时候，自贡盐业巨子、大盐运商王朗云（王余照）因涉嫌挑战朝廷律例、犯奸作科而被富顺知县陆玑关押大牢。在提审时，陆与王的一段对话饶有趣味。陆说："我舍得乌纱帽不要，也要惩办你王朗云。"而倚仗家财万贯的王却反讥道："我叵得扇子坝不要，也要将你陆大人扳倒。"

此时，陆玑心想，你这"扇子把（柄）"大不了是金子银子或美玉做的吧，也值不了几多钱嘛，还好意思说出来跟我较劲，可笑。

陆、王较量的最后结果，王朗云确以"钱能通神"的准则而成为了赢家。

陆玑丢官后，满腹狐疑，并不服气地考究"扇子把"的真相。当他来到坐落在大坟堡人称"扇子坝"的地方时，才恍然大悟，原来，呈现在眼前的是黑压压的吸取盐卤的"天车"林立，高耸入云；井灶烟雾升腾九霄，盐仓门前车水马龙的繁荣景象。这时，他才明白王朗云之所以能财大气粗的缘由，而自己败北的必然。

历史流年，陆、王较量的趣谈已成往昔，但从另一角度看，大安境内盐矿资源的丰盛、井盐文化积淀深厚可值后人骄傲。而由于人为的、自然的损毁，扇子坝变得面目全非，成了老人们记忆深处的难言痛楚。如果，当初有真切的保护井盐文化的意识保留住扇子坝这一瑰宝该多好啊！现今申请进入"世界非遗"，绝对是很有希望的。扇子坝天车林立奇观，可匹敌云南潞南石林，也不逊色于越南下龙湾的亚海上石林。

第四辑 最「贞」的人

你向我走来的脚步声打破了夜的深沉
你从巨大冷硬、表情呆滞的塑像中破壳而出
绕过摄像机圆滑的镜头与可疑的场景
你掀掉一页页矫情而又贫血的赞辞和颂歌
应和着我心跳的节奏,向我靠近

——李加建

江 姐

◎ 李加建

> 历史将不断重写／性质将不断重新认定／恒定不变的，是／热血的真实与信念的真诚
>
> ——引自旧作《秋思赋》

当太阳艰难地从地平线下上升
当时间向黑夜与黎明的边界线一步步接近
应和着我心跳的节奏，我隐隐听见
你向我走来的脚步声打破了夜的深沉
你从巨大冷硬、表情呆滞的塑像中破壳而出
绕过摄像机圆滑的镜头与可疑的场景
你掀掉一页页矫情而又贫血的赞辞和颂歌
应和着我心跳的节奏，向我靠近

两千多年之前，仕途失意的孔丘先生来到河边
望着一去不复返的河水想到虚耗的年华，发出了
"逝者如斯夫！"的慨叹
呜呼！我们经历过的是非荣辱转眼成空
浪淘尽千古风流人物，连皇帝也消失于时间的黑洞
我们

只活在当下,即使这"当下"转瞬也就烟消云散
前后俱为虚幻,生命在空前绝后的断裂里高悬

不!我要从另一个时空维度去把江姐和往事追寻
我不求助于时空负曲率与"虫洞",不去依赖爱因斯坦
　　和霍金
一个启示,在732年就已经由文天祥大声说出。你听!
大地有正气,杂然赋流形
下则为河岳,上则为日星
于人曰浩然,沛乎塞苍冥……

江姐,我凭着这历史的浩然之气向你靠近
凭着这哺育我们的故乡山水,凭着一口亲切的乡音
凭着当年共同体验过的、白色恐怖下进行斗争的紧张和
　　兴奋
凭着为了"解放全人类"
我们先后承受的看得见的苦难与说不出的辛酸
凭着你已经流尽而我还在胸中翻涌的满腔热血
江姐呵,魂兮归来!
归来,让我们一起来:
为先行者立碑,为历史作证。

谒邓萍将军故居

◎ 辜义陶

穿越原野浓浓的雾霭之后,在
一缕清风与一片阳光的引领下
脚步叩响了你故居前的台阶
橐橐的声音
惊动了一位老妇,她
用一把时间的钥匙,吱嘎一声
为我打开了一扇历史厚重之门
茅屋,石碾,老井,锄头,风斗
小河,桑葚,山坡,稻田,池瑭
一条条田塍子小路
记录下你的脚步,你的童年
哦,轻些,再轻一些
不要让我匆匆的脚步,突然
把你从睡眠中惊醒

在你幽静的故居
每一片树叶都摇响季节的风铃
每一朵云彩都系着沉甸的相思
岩石与花朵

火焰与旗帜
镰刀与铁锤组合成世界最美的图案
当我第一次肃立于
那飘扬的旗帜之下
你年轻、英俊的画像前,我
再也抑制不住内心的澎湃,海潮一般汹涌
阳光为我翻动历史的篇章
清风为我叙述如烟的往事
在那万马齐喑,铅云紧锁的旧中国
你,一个盐井村的贫苦人家的孩子
沿了李白河出发,一双草鞋,一把雨伞
走向了中国革命
走向地平线灿烂的黎明

大地苍茫,留下你的身影
沉沉九州,爆发你的怒吼
一勾冷月映照出一个民族的悲怆
几颗疏星书写你寻求真理的历程
坚硬的词语与凛冽的霜风
将我们的记忆带向遥远的岁月
黄埔军校武汉分校嘹亮的军号
将一颗年轻的心唤醒,点燃革命的激情
在悬挂着镰刀与铁锤的红旗下
你毅然举起左手对党宣誓——

一个农民的儿子,从此将生命交给党
镰刀割除旧世界
铁锤砸出新乾坤
那燎原的星星之火,从井冈山开始
东方一道曙光穿透旧中国的乌云

凝视着你那浓眉下炯炯有神的大眼
我仿佛看到,北伐硝烟中的你
正冒着枪林弹雨奋勇向前无畏冲锋
凝视着你那浓眉下炯炯有神的大眼
我仿佛看到,平江战役中的你
跃出战壕穿越炮火大声地呐喊
隆隆的炮声为你洗礼
轰鸣的雷霆为你歌唱
二万五千里漫漫的长征路在召唤
娄山关呀娄山关,离天三尺三
赤水河畔,多情的淙淙流水
记录下你四渡赤水的机智与勇敢
一颗闪闪的红星
向前,向前

让中国革命的历史永远铭记吧
1935年2月27日.遵义城郊
那天,黑云紧紧压住坚固的城堡

那天，寒风呼啸席卷苍茫的大地
你奔赴前沿阵地，观察敌情
一颗罪恶的旋转着的子弹
尖啸着划破原野，划破了长空
瞬间，子弹夺去了你年轻生命
这是一个何等残酷的时刻
这是一个何等悲痛的日子
一个母亲失去了她心爱的儿子
工农红军失去了一位英勇的将军

啊，二十七岁
一个多么阳光的年龄
啊，二十七岁
正值风华正茂的青春
恰似一只雄鹰刚刚展开翅膀
宛若一颗星辰刚刚升上蓝天
玫瑰与花环
光荣与梦想
在蔚蓝的地平线上扬起的风帆
在深邃的苍穹爆发群山的呼喊——
长征转战肩重担
三军哭我奇儿男

哦，我年轻的邓萍将军

第四辑 最"贞"的人 / 093

你没有倒下,共和国的旗帜上
有着你一滴鲜红的血
哦,我年轻的邓萍将军
你没有倒下,祖国的江河与海洋
有着你年轻生命的歌唱
你听,你听
党的十九大又把深化改革的号角吹响
在清风与阳光里
在浅唱与高歌中
大山铺的一山一水传颂着你的事迹
大山铺的一草一木烙记着你的英灵
你的故事,就像故乡的盐一样
那么晶莹,那么洁白
你就行进在我们中间
与我们高举旗帜进行一次新的长征

→ 邓萍雕塑(供图 黄明鑫)

黑夜之光

◎ 代晓冬

今夜,有一股冷风吹来
我很轻易想到
关于冬天、黑暗、饥饿
战争和死亡
我同样轻易会想到
在那段黎明前最黑暗的时光里
一面手绣的五星红旗
在那个严寒的冬夜
焕发出一束温暖火红的光芒

"你是丹娘的化身,你是苏菲娅的精灵"
江姐,一个在自贡江家湾长大的姑娘
你却用 1 米 45 的身高
用永远 29 岁的年轻生命
站立起一个顶天立地的英雄传奇

当丈夫的人头还悬挂在城门示众
你毅然临危受命,前赴后继
当叛徒出卖,不幸被捕

你大义凛然，临危不惧
渣滓洞的酷刑纵然能摧垮人的肉体
白公馆的地牢纵然能毁灭人的生命
但是，阴云惨淡的歌乐山下
你用共产党员的信仰
铸就了一副刀枪不入的钢铁之躯

温婉和柔情
只因你是一位母亲
坚贞和不屈
只因你是一名战士
葱郁和巍峨
只因你是一座高山
波澜和壮阔
只因你是一片海洋

辣椒水嘶哑了你的喉咙
你却唱出了最雄壮的《义勇军进行曲》
竹签子钉穿了你的十根指头
你却绣出了最美的红旗
老虎凳摧毁了你羸弱的身体
你却坐得更直，站得更高
面对一切毒刑拷打
你只是说

那都是太小的考验
因为共产党员的意志是钢铁

黎明的霞光，对于那一个冬夜
是多么的急切与渴盼
胜利的曙光，正悄然冲破黑暗
穿透最后一丝乌云
全国上下，欢欣鼓舞
胜利的歌唱，响彻大地
而你，站在铁窗之前
用满怀澎湃的激情
点燃了黎明前的黑夜
那束最温暖的胜利之光

你应该在想象
你该以怎样的姿势
去拥抱你所追求向往的国家
该以怎样的步伐
去走一走，你所向往的土地
而你，在黎明微曦的晨光中
却要面对敌人罪恶的枪弹
将自己年轻的生命
永远定格在了 29 岁

十岁二十岁的人喊你江姐
三十四十岁的人喊你江姐
六十七十岁的人依然喊你江姐
九十一百岁的人同样喊你江姐
你是姐姐,你也是妹妹
你是朋友,你也是我们
永远不会老去的亲人

今夜,在刺骨凛冽的寒风里
我以一个兄弟的名义为你朗诵诗歌
穿过黑暗,穿过饥饿和寒冷
穿过战争和死亡
我突然看到
一个在自贡江家湾长大的姑娘
她正扛着一面鲜艳的五星红旗
像一束火红的光芒
正奔向一个阳光灿烂
鲜花繁盛的春天

我还是要亲昵地叫你一声姐

◎ 陈智泉

今天,沐着六月的骄阳
在一座名叫官印的山下
我又看见你了,我又看见
你从容的目光孱弱的身影
我又看见了那些沾满血迹的
竹签、镣铐、老虎凳……

我一直在想,如果
如果你能活到现在
你应该比我的母亲
还要年长十岁
可是,我还是要亲昵地
亲昵地叫你一声姐

是的,毫不讳言
这些年来
面对窗外的喧嚣
关于人生关于信仰关于价值

我曾在灵魂的深处
不停地思索不停地叩问

今天,在这座名叫官印的山下
我又看见你了
也许,缘于远失的
那份童真
我禁不住还是要
亲昵地叫你一声姐

江 姐

◎ 高仁斌

我是从小学课本上得知的
江姐被捕的消息
那篇根据小说《红岩》编写的叙事课文
成为我们这一代人认识江姐的导语
语文老师告诉我们说,江姐很坚强
敌人给她使尽了刑罚,鞭子抽,烙铁烙
甚至用竹签插入她的指头
她都没有哭一声
这篇课文给我们最为直接的影响就是
那一年学校在集中注射接种疫苗的时候
我们班没有一个人喊疼
我们知道,比起勇敢的江姐来
这点痛并不算什么
后来我们才知道
江姐其实并不是她的真名,是人们对她的敬仰
她的真名叫江竹筠
那是一个让敌人寝食难安的名字
1949 年的 11 月
重庆正经历着黎明前最黑暗的时刻

敌人已经无计可施
企图以最残忍最卑劣的手段
做最后的挣扎和咆哮
而他们始终不能明白的是
暗夜里的花朵
对光明有着多么强烈的渴望
一个 29 岁年轻生命的结束
只能加快曙光的到来

现在的小学语文课本里
依旧保留着那篇叫做《江姐》的课文
读四年级的儿子在阳台上高声朗读
那些慷慨激昂的痛斥
逐渐唤醒我模糊的童年记忆
我知道，他们这一代人
同样需要这样的诵读和传承

关于江姐的故事，其实还有很多
人们以各种形式传颂着
一个平凡女子充满传奇的人生
在她的家乡自贡，那个叫做永和的村
如今也以江姐的名字命名
八岁就离开家乡的江姐
终于回到了自己魂牵梦绕的故土

村子里还有几位高寿的老人清晰地记得
当年江家湾那个满脸稚气的小姑娘
倔强而坚毅的目光
而江姐故事最为完整的章节
就在这里
自贡市大山铺的江家湾

江 姐

◎ 远 方

在那个名叫江家湾的山坳
一个普通的早晨
一个懂事的女孩
向家乡深情地挥了挥小手
远去

在遥远的长江畔
不管风
不管雨
都坚定着她的理想　她的主义
都勇敢着她的青春　她的英姿

那一天
歌乐山腰　电台南垭
她从容地举起手铐
她和她带血的微笑
化作共和国美丽的晨曦

如今
每一年
中国的红梅花都开得无比烂漫
大地　天空
永远镌刻着一个金子般的名字

永远的江姐

◎ 陈学华

其实你是那么渴望挣脱
挣脱十指钻心的疼痛
挣脱丧心病狂的折磨
推开烧焦娇嫩肌肤的火红铁烙
推倒隔断阳光的罪恶高墙
走出这地牢的阴暗

你知道墙外就是自由的空气
你坚信新中国的旗帜正在自由的风中热情飘扬
走出去你就可以拥吻日思夜想的儿子
陪着他在阳光下快乐成长

自由固然可贵
但让所有人自由幸福的信仰深在骨髓
那就来吧
皮鞭的抽打是太微不足道的考验
布满电网的高墙断不可能挡住内心的阳光
屹立心底一个崭新的中国足以疗治每一道创伤
电击　老虎凳　辣椒水　热铁烙

都不可能让你有背叛的闪念
任凭竹签深深钉进手指
也绝不会撼动曾高举拳头许下的誓言
组织的秘密绝不可能透露半个字
革命胜利的讯息早已见于反动派狰狞的疯狂
既然早就准备着胜利或为胜利而死
那就咬牙冷对一群恶魔逞最后的嚣张

东方泛白
歌乐山正被红彤彤的朝霞浸染
你　还有和你一样坚贞的战友
你们踏着激情的歌唱走来
微笑着倒在迎来最后胜利的那个早上

你们倒下　却印证反动派最后的绝望
你们倒下　却在历史的丰碑上站立巍然
你们倒下　却活在新中国人民心里　永远
你们倒下　灵魂和鲜血一起在国旗上凝固
你们倒下　精神必如常青之树代代传扬

红梅花儿开

◎ 李一多

别碰,那一树树红梅花儿的露珠
黎明时分,一颗尖啸的子弹
是怎样洞穿年轻母亲的胸膛
黎明的弹孔
血,滴下来
染红了歌乐山耸立的山崖
映红了长江、嘉陵江

起风了。风柔软的手指
在家乡的官印山上
塑造了你坚强的形象
太阳升起来了
太阳升起来了多么美好
你看不见了。但玫瑰色的长镜头
却将你永垂不朽的生命
定格在蓝天

历史的门扉被又一次启开

在那个几乎不被人所知的小小版图上
添上一抹斑红耀眼的浓彩

冬日的暖阳轻轻地泼洒在
古盐都的大地上
和谐的微风
深情地抚摸着
一朵朵梅花鲜艳的脸庞
一树树挺拔苍劲的
傲霜斗雪的红梅花儿
绽放在万壑千山
璀璨在亿万人民心房

美丽的江姐啊
你曾用纤细而坚韧的手指编织彩色的梦想
纵然,历史已将你凝固成一尊冰冷的雕像
你却羽化成万道霞光
在蓝天上轻舞飞扬,把祖国的天穹点染照亮
你伟岸的身躯蝶变为洁白的羽毛
轻轻地拂拭人们魂灵上的尘埃
纯净了多少人心灵的角落
你幻化成一丛丛红梅花儿
飘飘洒洒,零落成泥

氤氲着祖国辽阔无垠的黄土地、红土地、黑土地……
让神州大地袅袅芬芳

呵,深藏了六十余载的思念在我们心里疯长
故乡的父老乡亲在轻轻呼唤你:
美丽的江姐,中国的丹娘
我们伫立在你的雕像旁
举头凝视你深邃的目光
多想,此刻你变成一只翩翩飞舞的彩蝶
在祖国建设的累累硕果里检阅徜徉

谁在轻轻唱起:红梅花儿开
美丽的江姐,你撑一把红色的纸伞
从漫山遍野的红梅花丛中款款走出
来到我们身旁
娓娓讲述,你们民主自由的追求,你们的信仰

故事就发生在昨天,可为什么
猛然间,我们觉得是那么遥远,缥缈
山脚下,像浪潮一样
一波又一波涌来的流行歌曲在耳际回响
让灵魂瑟瑟震颤、分离、迷茫

如果信仰发生危机
如果良心可以拍卖
如果权利可以交换
如果追寻迷失方向
那么，美丽的江姐
亲爱的江姐
请你和我们再一次
再一次轻轻地吟唱
红梅花儿开……

永远的丰碑

◎ 陈永春

当多灾多难的祖国母亲
正处于水深火热
当伟大坚强的中华民族
正处于危难之际
当不屈不挠的英雄儿女们
正前赴后继　赴汤蹈火
抗日救亡的时候

江姐　大安人民的好女儿
你迈着坚实的革命步伐
你怀着满腔的革命热忱
从家乡那条熟悉的小路出发
从盐都这片红色的热土起程
和千千万万沸腾着
爱国热情的青年一道
汇入了　浩浩荡荡的抗日洪流
风华正茂　青春年少的你
从此　远离故土　远离亲人
义无反顾　踏上了革命的征程

在烽火连天的年代里
在峥嵘难忘的岁月中
尽情地
挥洒你青春的壮丽
书写你人生的无悔

江姐
一个柔弱的纤纤女子
一名年轻的共产党员
你在革命中慢慢成长
你在斗争中渐渐成熟
你在黑暗中　不懈地追寻光明
你在摸索中　执着地探求真理
丈夫的英勇牺牲
动摇不了你　坚定的信念
叛徒的无耻出卖
停止不了你　不息的斗争
一条条沉重的锁链
一根根野蛮的竹签
一场场惨无人道的逼供
一次次撕心裂肺的疼痛

国民党反动派　暗无天日的囚牢里
你经历了

怎样的生与死的考验　血与火的洗礼

渣滓洞里一件件　冰冷的刑具
见证了你的　忠诚和坚贞
歌乐山上一枝枝　傲雪的红梅
诉说着你的　勇敢和刚强

江姐　大安人民的骄傲
你在飘扬的鲜红里微笑
你在熊熊的烈火中永生
你在我们的记忆里鲜活
你大义凛然的崇高气节
你铁骨铮铮的红岩精神
将永远激励着我们　一往无前

赤 魂
——写给江姐

◎ 岩 人

跪下也仰望天宇
"是苏菲亚的精灵"①
头颅取向已不重要
因有叛逆的根
哪怕燎烤肉身
沉默就是抗拒
闭眼也是苏醒
我的世界
无你

赤魂笑看乱星河
深扎在愤懑大地
倾听春风奏响
嘲笑魔鬼天真
笑看红梅绽放
迎接明日朝阳

乾坤动

雷轰顶

云蔽日

月无影

即便倒下血的躯体

永恒的是铁骨铮铮

注：①"是苏菲亚的精灵"【选自黑牢诗篇】

丹 娘

◎ 含 笑

你
丈夫挚爱的娇妻
幼子眷恋的慈母

深情凝望
城头亲人的头颅
重重地砸在了你的心
咬着牙,坚定地走在青石板路上
走向革命的征程

青衣素裹
阴丹布的旗袍勾勒出最美的曲线
昂首挺立
十指连心的疼痛也动摇不了你的忠贞
面对着凶残的敌人
挺胸微笑
响亮的声音向敌人宣告:
我,永远是党的女儿
线儿长长,针儿密密

含着热泪绣红旗
一针一线蕴深情
绣进中华女儿心
翘首盼着春雷第一声

你
就是那个悬崖上俏丽的寒梅
顶风雪，逆寒流
以最卓绝的英姿绽放
你
就是丹娘的化身

【链接】

江姐故里散记（节选）

陈述琪

  车到故居停车场，我们弃车拾级而上。两旁雪松、黄桷树、翠竹还有许多不知名的山花野树，密密匝匝，浓荫蔽日。山上一座高大雄伟的江姐塑像巍然屹立，江姐微笑着，坚定革命者的青春气息扑面而来。塑像基座，镌刻有"江姐1920.8.20—1949.11.14"字样。基座背面，黑色大理石上依例是烈士生平简介，文字简约而优美，不妨抄录如下：

  "你是丹娘的化身，你是苏菲娅的精灵。不，你就是你，你是中华儿女革命的典型"。这是狱中难友赞颂江竹筠的诗句。

  江竹筠，大安区江家湾人。1928年随母到重庆外婆家寄居。1939年加入中国共产党。1941年任中共重庆新市区委委员。1944年秋，考入四川大学农学院学习，并以学生身份做群众工作。1946年7月回到重庆领导学生运动，并负责中共重庆市委《挺进报》的校对、整理、传送电讯稿及发行工作。1947年11月，奉中共南方局的指示，以联络员身份随丈夫彭咏梧一道离渝去下川东开展武装斗争。1948年1月，彭咏梧在云阳、奉节暴动中牺牲。江姐回重庆向川东临时工委汇报情况后，要求重返下川东工作。同年6月，因叛徒出卖被捕，关押在重庆中美合作所"渣滓洞"监狱。在狱中，特务接连对江姐进行刑讯，施以夹手指、坐老虎凳、灌辣椒水等酷刑。但江姐始终表现了共产党人视死如归的英雄气概。1949年11月14日，江竹筠壮烈牺牲于中美合作所集中营内的电台岚垭，年仅29岁。

  "严刑拷打算不了什么，竹签子是竹子做的，而共产党员的意志是钢铁做的"(江姐语)。江姐是个跨越时空、信仰和认同而永世不朽的名字,是革命意志坚强的代表。江姐作为一种崇高精神,一种精神象征,一种人格的典范,让人懂得了信仰的力量有多大,知道生命有多顽强,人民与国家的利益在革命者的心中有多重。这种精神的力量充溢在广阔的天地间,激励着一代又一代的后继者。

江姐精神,永垂不朽!

江姐,这位在共和国已经宣布成立,而英勇倒在血泊中的巾帼英雄,以自己二十九岁的生命年华,永远定格在中国革命的历史记忆中。

燊海诗群的交响乐章

◎ 王发庆

闻名遐迩的国家级历史文化名城自贡,是成渝经济带南部中心城市,川南地区经济文化高地,以"千年盐都""恐龙之乡""南国灯城""美食之府"享誉海内外。自贡诗歌创作的繁荣,从某种意义上说,得益于这块神奇的土地。改革开放以来,自贡籍的不少诗人都在努力发掘诗歌创作的本土元素,但迄今为止,却没有形成一个与自贡博大而独有的历史文化相称的诗派或者诗歌群体。

由李加建、李自国、陈学华三位诗人领衔强势推出的这部《燊情大安》,顺应新时代的要求,举老中青三代诗人之力,精心策划和编辑出版了极富自贡特色的诗歌合集。诗集分为"最'燊'的井"、"最'恐'的龙"、"最'盐'的地"、"最'贞'的人"四个部分,意味着从燊海井出发,寻觅亿万年前恐龙的遗迹,探究这片盐土地的独特与奥秘,讴歌这片土地上大写的人的传奇,由此有意识地组合成为一个富有自贡地方特色的诗歌群体,可以名之为"燊海诗群"。

本文拟从"燊海诗派"的本土符号、群体特色和流派传承三个方面,探讨这个诗群存在的历史和现实依据,勾画出有别于任何其他地域诗歌的创作图景,从而增强诗人们的自我认知和文化自信。

"燊海诗群"的本土符号

咚咚咚
对板昼夜不息
一柄叫做坚韧的利剑
一点点穿透坚硬
穿透4000多个晨昏
穿透2亿年时空的异彩纷呈

1000米,地表之下
白色的精灵,是三叠纪的密码
注定有一场,与地心之火的邂逅
相伴升腾,演绎浴火重生的浪漫

1000米,接通天空和盐层
接通生活和梦想,从此
燊海井成为圆心,成为一域百姓的图腾
林立的天车,剑指云霄,次第生长
笕管灵蛇一般,蜿蜒起伏,伸向远方
釜溪河里早就橹声嘈杂
一座有盐有味的城市,悄然立在岸边

——邬永红《古盐井的深度》

诗人赞颂的是世界第一口人工开凿的超千米深井——燊海井。然而,燊海井和与它相关的井群的意义却非一般读者所能想象。

中国的万里长城在国外被称为"伟大的墙",而自贡创造井深世界纪录的盐卤井则被国外学者赞誉为"中国伟大的井"。这是德国的沃基尔教授在著名的美国科学杂志《科学的美国人》发表的文章标题。他在这篇图文并茂的文章中写道:"一百七十多年前在地球上的中国开凿成深达一千米的井来汲取卤水制盐","这口井是积八百年之久的凿井技术上所创造的顶峰,其成就堪称当时世界之冠,要领先欧洲技术四百年,这一凿井技术已成为中国人引以为豪的继造纸、印刷术、火药和指南针四大发明之外又一大发明"。

沃基尔在文中强调:四川人首次在世界上以商业为目的开采天然气来煮卤制盐。四川人在16世纪开凿的井深可达300米,到18世纪井深可达800米,而到1835年所开凿的"燊海井"竟然达到难以置信的1000米深。相比之下,欧洲在19世纪20年代所开凿的井仅有370米,到1842年德国工程师肯德才创造出中国之外的世界最深的打井纪录535米。中国的深井是可产出高盐分的卤水和可供上百个烧灶的天然气的旺井。因而到18世纪20年代,四川盐年产量达到35000吨,而到1900年这一产量又增长了9倍。

加拿大专家奥利沃·库恩在《古代中国的开凿技术》一文中指出,像中国这种久远的盐业文化历史成就常常被西方人所忽略。他写道:"作为欧美西方文化的一员,我特别为我们把其他文明成就视作不屑而感到羞耻。"

这是永远雄踞于世界之巅的诗歌元素,是我们的先辈在前科学时代以手工作坊式的劳作所创造的奇迹,而创造这个深度和奇迹的中心和圆点,就是伟大的井中最伟大的井——燊海井。

循着燊海井这一个核心符号,我们还可以从两个时空维度,找到区别于任何地域诗群的文化符号。

西海,是传说中的四川,如今已很少有人提及。当是时也,夔门未开,洪水汤汤,四川盆地就在一片内海湖沼之中。其后昆仑之水,凿三峡,荡荆楚,一泻万里而至东海。此亿万斯年前之景象也,而盆地的腹部,大抵就在川南自贡一带。否则,何以解释自贡地下竟有如此丰富的岩盐和卤水呢?而大山铺恐龙群窟的发现,确证了传说中的西海的中心就在自贡。

于是我们有了第二个燊海诗群的本土符号,那就是恐龙。

一觉竟睡了一亿五千万年
血液和肉体不翼而飞
留在遥远侏罗纪的魂灵
通过石化的躯干
固化着一个个难解的谜

一方润泽生命的土壤哟
每一寸都浸透了雄霸世界的基因

高扬着不屈的头颅
舒展开矫健骨骼
昔日的丰盈和壮美在我们身上复原
复原出一代代脱胎换骨的生灵

——阙向东《恐龙曾栖息的地方》

读者可以说，在全川、全国乃至全世界都发现有恐龙的化石，但在自贡人和自贡诗人的眼中，它就有别于任何恐龙遗骸，它就是盐都人的远祖。西海之水渐渐退去，是一大片水草丰茂、气候温润的湖沼，恐龙就以它王者的姿态在这里生活了一亿五千五百万年。我们只有借助诗人的想象来叩问这一秘密。

有一些趾高气扬的骨头
深深种在厚厚的泥土里
一种光芒
生长了上亿年
注定要穿透时间
把一块神奇的土地再次照亮
这里

是恐龙安睡之地

这里

盛产恐龙筋骨一样昂扬的尊严

——尔东马《这是恐龙生活过的地方》

第三个符号，当是由燊海井辐射而外的自贡这片4000多平方公里的盐土地。如果说对大山铺恐龙群窟只能以考古与想象来推测，那么，对自贡盐场的记忆，则是一个历时性与共时性的衔接。在20世纪30年代孙明经先生的纪录片镜头中的自贡盐场，是"遍地盐井的城市"；老作家王余杞笔下的大安洞口井，是"十里云连十里灶"；在当代作家李锐的传奇小说中，则突出牛在"银城盐业"中的动力角色。而在这部诗集中每一个篇章、每一声歌咏无不饱含对这片土地的深情："一座城市的记忆，/从你的出现开始；/一部有盐有味的历史，/写满的都是你的名字。"（刘义《井》）女诗人袁继伟努力拼接当年井盐生产的情景：

井神的指尖点通自流井

土地沸腾，盛开万口盐锅

笕管依山绕梁，躺着是卤的血脉

站立是盐的路标

天车林立，日夜唱响升降的歌

车吱声牛哞声铁铲声，混声奏响

十九世纪工业化生产的秩序

井然得这座城市滋滋润润，声名远扬

昔日盐场早已是风光不再，长期生活在盐场的诗人黄德涵更是深情咏叹这片盐土地的前世今生："揭开一层层薄土/那些井睁开眼睛，询问/推水的黄牛呢，提卤的天车呢/烧盐的灶呢，盐担子呢/那个白银滚滚的传说呢"？年轻一代的诗人陈学华（尔东马）却少了些伤感，多了一分豪气：

> 一座叫自贡的城市就在井灶边孕育
> 被汩汩的盐泉喂养
> 栉风沐雨也好，烽火连天也罢
> 时局可以瞬息万变
> 不变的，只是骨头越来越硬的走势
> 只有洁白闪亮的精气神，以及
> 永不褪色的正义和肝胆

实际上，在燊海诗人的诗句中，不管盐井也好，井盐也好，天车也好，盐土地也好，都被人化了。中年诗人蔡昌利写道："我勤劳的爸爸姓盐/我智慧的爷爷姓盐/凿燊海井的老祖宗呵/更是这盐祠堂的族长……"黄德涵更为直接地道出了人盐一体、异构同质的关系："拂去风声浪声/在大安，我沉淀下来/命有居所，怀抱/不再漂泊的魂/做一粒盐多好/小小的，小小的/却真实，纯洁，安静/有滋味。把命运的咸/凝练成晶。"

顺理成章地说，燊海诗群的第四个本土符号，则是这片盐土地养育的杰出人物，是对邓萍、江竹筠以及肖凤阶、方士廷（原名张居弟）等革命先烈的红色记忆。老诗人李加建写道：

> 你向我走来的脚步声打破了夜的深沉
> 你从巨大冷硬、表情呆滞的塑像中破壳而出
> 绕过摄像机圆滑的镜头与可疑的场景
> 你掀掉一页页矫情而又贫血的赞辞和颂歌
> 应和着我心跳的节奏，向我靠近

邓萍和江竹筠，一位是红军的军事将领，牺牲在中国革命最困

难、遵义会议曙光初露的清晨；一位是普通的共产党员，牺牲在五星红旗已经升起、山城重庆临近解放的前夜。在"为新中国成立作出突出贡献的100位英雄模范人物"中，大山铺就贡献了两位，其分量之重、影响之大是不言而喻的。诗人辜义陶在《拜谒邓萍将军故居》中写道："一个盐井村的贫苦人家的孩子/沿了李白河出发，/一双草鞋，一把雨伞/走向了中国革命/走向地平线灿烂的黎明。"

代晓冬教授在《黑夜之光》含泪吟诵："在那黎明前最黑暗的时光里/一面手绣的五星红旗/在那个严寒的冬夜/焕发出一束温暖火红的光芒。"他继续写道：

十岁二十岁的人喊你江姐
三十四十岁的人喊你江姐
六十七十岁的人依然喊你江姐
九十一百岁的人同样喊你江姐
你是姐姐，你也是妹妹
你是朋友，你也是我们
永远不会老去的亲人

诗人陈智泉用一个标题"我还是要亲昵地叫你一声姐"，代表了年轻一代的心声。

"燊海诗群"的群体特征

无论是本书编者，还是作为本书的推手，都想找到这部诗集的群体特征。它虽然是大安区作家协会的一个集子，但它却不限于大安地区的诗人，而且，大安区从来就是自流井的一部分，更是自贡市的一部分。从个体的诗人来说，每一个人都是一个诗的自足体，也就是说，都是以自己的生活、体验、气质、情趣、好恶、个性以及人生境界、语词习惯区别于其他诗人。《燊情大安》则找到了入集诗人的同心圆,正如前面所引的诗句"桑海井成为圆心,成为一域百姓的图腾",循着这个思路,我们不妨对"桑海诗群"的群体特征做一番探究。

第一,对自然的膜拜。对自然和自然神的膜拜,是人类社会早期形成并在人类血液中流淌至今的观念形态。在古代社会,自然是人类的主宰,人们把自然神化,对自然顶礼膜拜,认为山有山神,河有河神,天旱求龙王降雨,遇事求神灵保佑,成为最原始的宗教形式。而这片盐土地上的先民对自然的膜拜,更多的是与井盐生产融汇在一起,相对于农耕群落的自然膜拜更为具体、更为森严。遍布盐场及城乡的土地庙、火神庙、井神庙以及牛王庙等,都是为祈求神灵保佑盐井开凿与制盐生产而建。单是盐井开凿就有一系列神秘而庄重的仪式。凿井前,必须请"阴阳"先生择地,定井口,而后聘"算命"先生根据井主的生辰八字选择破土日期。开工当天早晨,须由井口管事宰杀雄鸡,沿选定的井口淋一圈鸡血,再破土动工凿井。井凿好后,要摆放神龛供土地菩萨于井口坝,办土地会庆贺凿井成功,并宴请全体工人。在开推之时(即从深井提取卤水之日),还要办酒席、宰雄鸡,敬土地菩萨,并扯下鸡毛用鸡血粘贴在天车和采架上"镇邪",然后才正式放车提吸卤水熬盐。

现在,手工作坊式的井盐生产早已过时,只保留桑海井等少数井灶演绎昔日的生产场景。而当年井盐生产的宏大与辉煌、富足与荣耀仍写在盐场遗民的脸上,流淌于桑海诗人的笔尖。单看这些诗歌的题目:《盐场歌谣》(李自国)、《古盐井的深度》(邹永红)、《盐山盐水盐都》(袁继伟)、《凝聚盐的前世今生》(黄德涵)、《盐的思索·盐的呐喊·盐的回答》(蔡昌利)、《盐井魂》(刘念林)等无一不以"盐"为中心,而且着着实实地凸显出对盐的崇拜和臣服,以至于陈学华(尔东马)要"守住一粒盐的白",黄德涵感叹"做一粒盐多好"。在这里,人的生命与自然生命在彼此的观照中,已经物我为一,进入了类似禅的境界。

至于自贡大山铺恐龙群窟的发现和恐龙地质公园的打造,更使得这片盐土地上的生民多了一分先天的神秘感和自豪感。虽然恐龙与我们汉民族图腾的龙没有直接的关联,但正如张爱萍将军的题词所言"盐都自流井,盛名传久远。恐龙群奇迹,国宝盖世间"。这的确是大自然又一无与伦比的馈赠:

> 有一些趾高气扬的骨头
> 深深种在厚厚的泥土里
> 一种光芒
> 生长了上亿年
> 注定要穿透时间
> 把一块神奇的土地再次照亮
>
> ——尔东马《这是恐龙生活过的地方》

不用过多地解读桑海诗人对恐龙的惊叹与惋惜、崇奉与茫然等复杂的感情,任何人到能感觉到在冥冥中有一种神奇的力量将当今的人类和亿万年前的恐龙联系在一起。

第二,对创造的赞颂。盐井的开凿,盐卤的提取,卤水的笕运,火井盆的安置以至熬盐等等一整套井盐生产的设施和工艺,是盐都先民劳动创造的奇迹。"划破时空的苍茫,闪现出/那片片水丰火旺蒸云煮海的繁忙"(蔡昌利《滚滚盐河》)"你的模样,就是盐汉子的写照/杉的骨骼韧的生命/赤脚扎进土地,笔直向上"(袁继伟《天车·盐的旗杆》)仅以冲击式顿钻凿井为例,其科技含量和劳动力投入,都令当代人难以想象。凿一口井少则几年,多则十年以上,有所谓"一眼井兴家,一眼井败家"之说,而且不是每一口井都能见功的。至于数十米乃至上百米的天车,须得数千根杉材圆木捆扎,用密如蛛网的风篾固定,全凭辊工凌空操作。在这块盐土地上,造出了上万口盐井,矗立着上万座井架,这是创造的劳动伟力,可与世界上的任何奇迹媲美。桑海诗人赞美道:

入地三百丈，
报以涌泉不忘感恩；
向天一百尺，
经风沐雨不改初心。

卤中有火，
你的天地才这般石破天惊；
盐里有海，
你的世界才如此博大精深。

——刘义《燊海井》

美国学者泽琳曾在《富荣盐场精英的三起三落：中国晚清盐商的经营》中写道："在那里，一座座伸向天空高耸的盐井井架和烟雾弥漫的景象，使这座城市更如同一座工业城市。这座城市和中国其他商业城市是不同的，因为它不仅仅有商业贸易和金融业，它还集中了生产实业。"她得出结论说，"在十九世纪末到二十世纪初的鼎盛时期，由自流井和贡井所组成的自贡构成了当时中国最大的工业中心"。而今，站在这块浸透前人血汗的土地上，先辈的劳绩已被现代的繁华所淹没，但诗人们依然怀抱一颗敬畏的心表达无尽的感念：

千年岁月的话题
地层深处的奥秘
汉砖之上的故事
唐时月光里的足迹
都在你充血的肌肉中
都在你深邃的目光里

——刘蕴瑜《因为有你》

第三，对理想的坚守。文学的理想不完全等同于生活理想、道德理想、政治理想或宗教理想；文学是理想主义者的精神家园。坚守人类的精神家园这个命题是德国存在主义哲学家海德格尔在大半个世纪以前提出来的。海德格尔曾热烈呼唤要在物欲所造成的黑暗之夜守住精神家园。海德格尔说："诗人的天职是还乡"，把诗歌看作是现代漂泊者的灵魂居所。文学的理想是燊海诗人诗歌创作的出发点和归宿。他们在盐土地上找到了自己的根，有了这一精神的依凭，他们就不会是目空一切的狂躁喧嚣或紊乱无望的颓废低吟。

如前所述，燊海诗人对理想的坚守首先表现于在盐土地上找到了自己的精神居所，同时他们在先民的劳动创造中看到了生命的不朽价值。黄德涵笔下"在半空游动"的辊工、"向地葵"一般的盐担子，华伯清笔下"满身大汗淋漓"的烧盐工、"手持顿钻工具"的汉子，其生命的坚韧与悲壮，让人震撼。而盐场本身，是一个历时性的概念。不管是千百年来供给西南地区的民用佐餐，还是近现代两次川盐济楚，尤其是抗战期间提供巨额财税和抗日献金运动的无私奉献，以及在社会进步的伟大变革中所表现出的革命英雄主义，正是这些本土的精神文化资源，赋予了燊海诗人理想的高标和强烈的创作激情。女诗人李一多的《红梅花儿开》在深情缅怀英雄江姐的同时，集中表达了对理想迷失的申斥：

> 故事就发生在昨天，可为什么
> 猛然间，我们觉得是那么遥远，缥缈
> 山脚下，像浪潮一样
> 一波又一波涌来的流行歌曲在耳际回响
> 让灵魂瑟瑟震颤、分离、迷茫
>
> 如果信仰发生危机
> 如果良心可以拍卖
> 如果权利可以交换

如果追寻迷失方向
那么，亲爱的江姐
请你和我们再一次
再一次轻轻地吟唱
红梅花儿开

"燊海诗群"的流派传承

近年来，在自贡关于"盐文化"和"灯文化"的争论似乎是一个见仁见智的话题。一位来自京都的作家半是迷糊半是嘲谑地问道："你们自贡不是南国灯城吗，怎么又叫盐都，盐城不是在江苏吗？"这从一个侧面提醒我们，不能再数典忘祖了。盐都自贡严格地说应是"井盐之都"或"大西南盐都"。如前所述，它曾经是"中国（内地）最大的工业中心"，单是直接参与盐业生产的人口就达到二十万，并带动川南乃至西南的木业、竹业、矿业、冶金、机械、钱庄、物流以及养牛、餐饮等等行业。自贡的彩灯文化，只不过是自贡井盐文化派生的一个支脉。推出"燊海诗群"，正是要回到自贡文化的原点，形成一个带有鲜明的井盐文化地方特色的当代诗歌群体。

这一地域性文学的源头也许可以追溯到爱国主义诗人陆游。宋朝淳熙元年（1174年）冬初，至次年正月初十，陆游任荣州（今自贡荣县）通判，历时七十天，留下了诗词31首，绝大多数写这里的乡风民俗。其中"其民简朴士甚良，千里郡为诗书乡""长筒吸井熬雪霜，辘轳咿哑官道傍""鹅黄名酿何由得？且醉杯中琥珀红"已是脍炙人口的名句。近代以来，蜀中三杰——刘光第、宋育仁、赵熙——正好分别是富顺、荣县人士，其所咏叹荣富井场及地方风物的诗词，已经成为自贡最珍贵的文化遗产。

20世纪50年代，老一辈诗人梁上泉、陈之光等人，到自贡盐场体验生活，写下了讴歌新盐场的激情燃烧的诗篇。以"生命之盐"

名世的诗人李自国,从20世纪80年代起,就自觉地把盐作为诗歌的主题。盐场、天车、盐井,这些标志性的盐都记忆,成为了李自国诗歌丰富内涵的地标,成为了他固守自己的精神家园的诗意符号。改革开放以来,相当多的本土诗人,都从自己真实的情感出发,深入到井盐文化的领域,努力复原一个盛极一时的盐都、一个人文丰厚的盐都、一个消逝特色却又充满活力的盐都。

一个人的作品可以是一曲美妙的乐章,而多人的合集则可以组成宏达的交响。入选《燊情大安》诗集的三十多位诗人中,有一批从小就生活在井灶旁,甚至曾经是盐场工人,他们对盐场生活的体验,对井盐文化的认知,是当今年轻一代或异域人士所无法企及和取代的。他们的诗作构成了这部诗集坚实的梁柱,是这部交响乐章中的主调。刘蕴瑜历史与现实的叠合,黄德涵在简约中透出的诗意,辜义陶纷繁的意象表达,阚向东开合适度的想象,蔡昌利的激情与厚重,都在这部诗集中熠熠生辉。尤为可喜的是新生代诗人的脱颖而出,陈学华追求词语的力度、强度与烈度,鄢永红抽象与具象的无缝融合,刘义力与美的境界中富含哲理,陈智泉在细节观察中的诗性抒发等,都给这部诗集带来了亮点和惊喜。由袁继伟、游建慧等领衔的女诗人,也以其女性诗歌的特色,增添了温婉的情调。还值得肯定的是王鹏飞、李阳、陈永春、温莉群、叶敏、李欣怡等本土诗友崭露头角,诗歌路子纯正,彰显着自贡诗歌勃发的生机和燎原的希望。

于是,我们有理由对燊海诗群寄予厚望。井盐生产、井盐文化应该有史诗性的表现,无论是科技的领先、劳动的创造、实业的兴办、官方的提调,它的核心都是大写的人,是推动历史的人,一个个具体的人,一群又一群生活在这土地上的人。如今,它们只存在于博物馆的陈列中、学者的书籍中和少许的盐场遗址中,我们生于斯长于斯的生民却有点见惯不惊,这就是为什么我在前两节中要再三引述国外专家学者对自贡盐业的述评——实际上也是由本土学者介绍,出口转内销而已——这是取之不尽的宝藏,应该有更接地气、更强烈、更震撼、更带血性的再现。同样，对社会变革，盐都新貌应该展示出更大的对话空间。近现代以来，这里上演了社会变革光明与黑暗拼杀、痛苦与希望交融、光荣与梦想同在的一出出活剧，我们每一天、每一刻，都能感受到新变化、新问题。对历史和现实不能一味地唱赞歌，诗歌应该有自己的风骨，诗群应该在现实生活中延伸自己的触须。

我们还应对桑海诗群寄予更高的要求。中国新诗是舶来品。雅克布逊说"诗不过是语言的美学操作"，诗的文学性存在于语言、技巧、结构、布局等因素。诗人的第一归旨，就是要从日常的、麻木的平庸状态的困扰中解脱出来，从既有的资料结论、陈词滥调的束缚中解脱出来，以一颗赤子之心去走近历史、贴近现实，感受和体验其中包含的奇特性和新颖性，找到自己独到的发现乃至于谬见。诗是最语言的艺术。现代诗的艺术表达，是通过一整套语言形式来成就的。意象、隐喻、象征、张力、转义、错位、叠合、跳跃、空白、抽象、变形、陌生、悖论、反讽；还有语言学的历时、共时、能指、所指；以至风雅传承、民谣出新、口语加工、网络串烧等都是现代诗歌不可缺少或应孜孜以求的诗歌元素。每一个诗人，在形成自己风格的路上，绝不可闭门造车冥思苦索，而应多读中外经典，且适当留心当代诗歌发展的趋势和问题，找到自己进步发展的坐标。

"诗文随世运，无日不趋新"。愿《桑情大安》这部诗集成为一面旗帜，让更多本土诗人麇集于这面旗帜之下；成为桑海诗群历史传承的交汇点，以井盐文化特色和鲜明的时代特色，昂首阔步进入当代诗歌群体的行列。

我们有理由期待！

2018年1月9日于园丁苑

后　记

　　江姐故里——自贡市大安区，是千年盐都的盐业主产区，也是举世闻名的恐龙之乡，拥有世界第一口人工开凿超千米深井、全国唯一保持传统制盐工艺的盐井——燊海井和堪称"世界奇观"的亚洲最大恐龙遗址博物馆。这片昂首的恐龙般堂堂正正的土地和这一域盐浸浸的时光，孕育了一大批富有地域特色、带着生活体温的优秀诗歌。

　　为繁荣和弘扬诗歌艺术，引导大众特别是广大文学爱好者关注脚下这片土地和这片土地之上不断生长的厚重历史，大安区作家协会第六届理事会决定编撰本诗集，并及时启动了稿件征集工作。作品征集以来，我们收到来自全国各地稿件不少，但许多稿件内容与大安甚至古老盐都这片土地无涉，故未采用。本书最终收录的作品风格各异，既有知名诗人的佳作，也有普通诗歌爱好者的用心之作，都体现了作者对这片土地的深情和厚爱，值得读者关注和细细品味。

　　这是自贡市大安区作家协会首次以协会名义出版正式书籍。回味成书过程颇多感慨，首先要感谢张联、陈秀英、魏华、陈平、李静等历任文化管理者对群众文化的真诚扶持，特别是魏华在任期间对本书编撰的直接而积极的推动；也要感谢著名诗人李加建、李自国、刘蕴瑜、黄兆华，本土优秀诗人黄德涵、高仁斌、辜义陶、陈智泉、阙向东、空灵部落、游建慧、袁继伟、王鹏飞、任德生和评论家王发庆、文化人士陈述琪、自贡市摄影家协会会员宋保中的无私襄助；还要感谢协会典平、明鑫两位主席的鼎力支持和永春、欣怡二位诗友的辛勤付出。本书取名《桑情大安》，就意在感恩这片土地的恩泽，感恩这么多的人为文化传承和文学生长倾注的慈悲和心血，也祝愿在这样的厚土之上，文学将如熊熊火焰般兴盛繁荣，有好诗如盐泉般汩汩生长。

编　者

2017 年 12 月